이적의 단어들

# 이적의 단어들

1판 1쇄 발행 2023.5.25.
1판 7쇄 발행 2023.7.11.

지은이 이적

발행인 고세규
편집 김성태 디자인 홍세연 마케팅 김새로미 홍보 반재서
발행처 김영사
등록 1979년 5월 17일 (제406-2003-036호)
주소 경기도 파주시 문발로 197(문발동) 우편번호 10881
전화 마케팅부 031)955-3100, 편집부 031)955-3200 | 팩스 031)955-3111

저작권자 ⓒ 이적, 2023
이 책은 저작권법에 의해 보호를 받는 저작물이므로
저자와 출판사의 허락 없이 내용의 일부를 인용하거나 발췌하는 것을 금합니다.

값은 뒤표지에 있습니다.
ISBN 978-89-349-7883-1 03810

홈페이지 www.gimmyoung.com        블로그 blog.naver.com/gybook
인스타그램 instagram.com/gimmyoung    이메일 bestbook@gimmyoung.com

좋은 독자가 좋은 책을 만듭니다.
김영사는 독자 여러분의 의견에 항상 귀 기울이고 있습니다.

# 이적의 단어들

이적

김영사

전

주

⊙

말

마음의 풍경.

때때로 살풍경.

# 차례

1부            인생의  넓이

2부                 상상의   높이

3부                    언어의  차이

4부                          노래의  깊이

# 5부          자신의   길이

1부

◉

인생의

넓이

인
생

전설에 따르면 중년에 접어들며 인생이 생각보다 형편없이 짧다는 것을 깨달은 두 명의 현자가 있었으니, 어느 맑은 봄날, 한 명은 "얼마 남지 않은 인생, 충실하게 살자"라고 결심했고, 다른 한 명은 "얼마 남지 않은 인생, 자유롭게 살자"라고 작정했다. 훗날 그 둘이 죽음에 이르렀을 때 첫 번째 현자의 제자들이 말하길, "스승님은 충실하게 사는 것은 남의 눈에 얽매이지 않고 스스로가 원하는 것에 집중하는 것이라 하셨습니다." 두 번째 현자의 제자들이 말하길, "스승님은 자유롭게 사는 것은 남의 눈에 개의치 않고 스스로가 원하는 것에 집중하는 것이라 하셨습니다."

인

생

2

"어린 시절이 엊그제 같은데 이제 갈 날이 낼모레구나"라고 말하는 할머니를 보며 아이는 "에이, 할머니, 그럼 인생이 다 합해서 닷새라는 말씀이세요?"라고 놀리듯 물었다. 그러자 할머니가 미소를 머금고 아이를 물끄러미 바라보며 중얼거렸다. "그래. 참으로 그러하구나."

지
혜

아이들과 살다 보니 이런 생각을 할 때가 있다. 한 세대가 다음 세대에 전하고자 하는 지혜란 고작해야 '짜파게티를 끓일 때 마지막 물양 잘 맞추기' 같은 것이 아닐까? 미리 얘기해봐야 직접 해보기 전엔 별 도움이 안 된다. 먼저 얘기해주지 않아도 몇 번의 시행착오를 겪다 보면 자기에게 딱 맞는 물의 양을 스스로 찾기 마련이다. 뭐, 전쟁을 막고 전 인류가 평화롭게 지내는 방법 정도 되면 좀 다른 수준의 지혜라 할 수 있겠지만, 그런 건 어떤 세대도 몰랐던 것 같고.

스
타

노배우가 말했다. "스타가 된다는 건 물이 얼음이 되는 것과 같아. 본질은 같고 잠깐의 변화만 있는 거라고. 언젠가 얼음이 상온에 노출되어 다시 물이 됐을 때 '아, 이 물은 예전에 얼음이었지'라며 누가 알아줄 것 같나? 그저 물일뿐이지."

홍
어

홍어 명인이 물었다.

"남도에선 큰 집안일이 있을 때 홍어를 상에 올리는데, 옛 어른들이 말씀하시던 잔칫집 홍어와 상갓집 홍어의 차이를 아십니까?"

"글쎄요. 맛이 다른가요? 분위기 탓일까요?"

"잔칫집 홍어는 미리 날을 받아놓고 품질이 좋은 걸 찾아 충분한 시간과 정성으로 삭히니 맛이 좋지만, 상갓집 홍어는 갑작스럽게 구해 급히 올리는 것이니 맛있기가 힘들다는 얘기죠."

슬픈 일은 느닷없이 닥친다는 걸, 홍어로도 배운다.

상

처

아이가 초등학교 1학년 때 받은 인성 교육 이야기
를 들려준다.

"종이에 사람을 그리세요. 그리고 그 사람에게 나쁜
말을 하며 종이를 구겨보세요. 이제 좋은 말을 하며
종이를 다시 펼치세요. 어때요. 구겨졌던 흔적이 그
대로 남아 있죠? 그래요. 나쁜 말을 하고 나면 나중
에 아무리 좋은 말을 해도 상처가 완전히 없어지지
않는답니다. 그러니까 친구한테 나쁜 말을 하면 안
되겠지요?"

신
발

차도에 놓인 신발, 이를테면 강변북로에 떨어져 있는 신발 한 짝을 보고 생각한다. 사고의 흔적인가. 아니면 누군가 차창 밖으로 신발을 살짝 걸친 발을 내밀고 잠을 청하다 그만 떨어뜨렸을까. 몹시 낡아 보이는 신발 한 짝. 버린 걸까. 혹은 무단횡단하던 취객의 발에서 벗겨진 새 신발이 수없이 차바퀴에 치여 너덜너덜해진 걸까. 한 켤레가 절대 될 수 없는 짝 잃은 신발. 머릿속엔 끔찍한 비극과 엉뚱한 희극이 동시에 떠오르고, 부디 일상의 소극笑劇이었길, 지금쯤 누군가 한쪽 발에만 신을 신은 채 친구들에게 허풍을 떨고 있길 조용히 소망하게 된다.

이
어
폰

호젓한 산길을 걷고 있는데 맞은편에서 요란한 소리가 들려온다. 아니나 다를까, 한 등산객 목에 걸린 휴대전화 스피커에서 음악이 쩌렁쩌렁 울리고 있다. 보기 싫은 건 고개를 돌리면 그만이지만 듣기 싫은 건 고개 돌려봐야 피할 방도가 없다. 혹시 이어폰이란 게 발명된 걸 아직 모르나 싶어 가방 속 내 것이라도 건네줄까 하다가, 이어폰 끼면 경적 소리를 못 들어 위험하다며 음악을 스피커 최고 볼륨으로 틀어놓고 달리던 자전거 라이더가 생각나, 그냥 살포시 내 귀에 꽂기로 한다. 이럴 때 이어폰은 귀마개이자 마스크. 유해한 것들로부터 내 몸은 내가 지킬 수밖에.

악
순
환

상처에 가시가 돋고,

가시가 누군가에게 상처를 입히고.

그 상처에 가시가 돋고,

가시가 또 누군가에게 상처를 입히고.

엇
갈
림

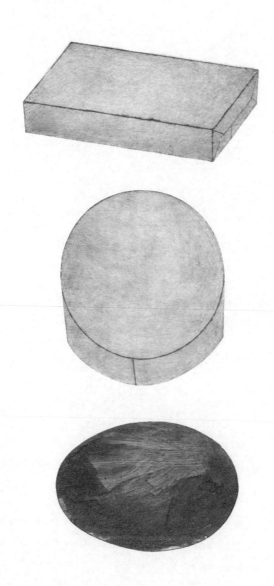

휴대전화의 보급으로 현대의 이야기에서 사라진 것은 아마도 '운명적 엇갈림' 장면일 것이다. 약속한 시간이 지나도 오지 않는 그를 하염없이 기다리다 절망하고 떠나자, 딱 1분 후에 상대가 도착. 그에게는 피할 수 없던 우여곡절이 있었으니, 얄궂은 찰나의 어긋남으로 둘은 영영 다른 길을 걷는다? 걱정 마시라. 휴대전화가 있다. "어디야?"

휴대전화 덕에 바다나 산에서 구조된 인명人命도 많겠지만, 영화나 드라마에서 단골로 보던 이런 가슴 답답한 순간들이 사라진 것 또한 인류 수명 연장에 작게나마 기여했을 것이다.

그러니 작가님들, '배터리가 떨어졌다'라는 둥, '휴대전화를 잃어버렸다'라는 둥의 설정은 부디 삼가 주시길. 당신은 플롯 역사의 수레바퀴를 거꾸로 돌리고 있다.

쓰
레
받
기

화장장에 처음 갔을 때, 화장이 끝난 유골을 작은 빗자루로 쓰레받기에 쓸어 담는 모습을 보고 충격을 받았다. 시종일관 극도로 삼가며 엄숙하게 진행된 장례 절차 끝에 등장한 싸구려 플라스틱 빗자루와 쓰레받기. 고인에 대한 예의와 거리가 멀어 보이는 이 물건들을 어떻게 받아들여야 하나. 이제 육신도 재로 돌아가 이 유골엔 어떠한 정신성도 남아 있지 않다는 단절의 선언? 혹은 그저 참담한 무신경함? 난 아직 그 답을 갖고 있지 않다. 단지 뭔가 더 나은 도구와 방식이 있지 않을까 곰곰이 생각할 뿐.

멀
미

돌이켜보면 어린 시절 TV에서 멀미약 광고를 자주 볼 수 있었다. 장거리 여행을 갈 때 부모들은 아이들에게 자연스레 멀미약을 먹였고, 간편히 귀밑에 붙이는 제품은 등장과 함께 큰 히트를 치기도 했다. 그때의 아이들은 지금보다 멀미가 훨씬 잦았을까. 물론 버스나 승용차의 승차감이 더 거칠기도 했겠지만, 고도성장기 이른바 '마이카 시대'로 진입할 무렵, 우리는 다가오는 세상의 속도감이 낯설어 몸과 마음으로 멀미를 겪어냈던 것 아닐지.

가

치

팬데믹 초기 마스크 대란이 일어났을 때, 어렵사리 손에 넣었던 마스크 한 장을 친구에게 주었더니 진심으로 감동하여 눈물을 글썽이던 모습이 잊히지 않는다. 오늘 내가 그에게 마스크 몇십 박스를 보낸다 해도 그때처럼 감동하기는 힘들지 않을까. 가치란 그런 것. 급격하든 완만하든 상황과 시절에 따라 끊임없이 변화한다. 그러니 지금 내가 귀하게 여기는 것들의 가치 또한 언제 어떻게 바뀔지 모르는 일.

투
표

투표일이 되면 신문에선 역사상 한 표차로 승부가 갈린 세계 선거 사례를 들며 투표를 독려하지만, 4,400만 명이 넘는 유권자가 등록된 직접선거에서 한 표차로 운명이 바뀔 일은 아마도 없을 것이다. 그러나 흥미로운 점은, 바로 그 이유로 모두가 자신의 한 표에 의미를 부여치 않고 투표장으로 향하지 않게 된다면 이 선출시스템은 단숨에 무너지고 만다는 사실이다. 이것은 선의에 기댄 시스템이라기보단 어떤 믿음, 우리가 만들어가는 이야기의 힘에 기댄 시스템이다. 하여 아무리 찍을 후보가 마땅치 않더라도 사람들은 다시 투표장으로 발을 옮긴다. 민주주의라는 이야기를 지탱하기 위하여.

지
폐

요즘 드는 생각인데, 3만 원권 지폐가 나오면 좋을 듯싶다. 1만 원권에서 5만 원권은 점프의 폭이 너무 크다. 1, 3, 5, 10, 이렇게 올라가는 한국인 특유의 감각을 생각해보면, 3만 원권은 필시 유용하게 쓰일 것 같다. 만 원짜리 세 장이면 되지 않냐고? 글쎄, 또 다른 느낌이 아닐지. 오랜만에 만난 조카에게 만 원을 주긴 뭣하고, 몇 장을 세어서 주는 것도 좀스러워 보일까 봐 호기롭게 5만 원권을 쥐여주고는 뒤돌아 후회로 몸부림쳤던 수많은 이들이, 3만 원권의 등장을 열렬히 환영하지 않을지.

고

스

톱

어릴 적 명절이면 집집마다 고스톱을 쳤다. 명절이 아닐 때도 군용 담요를 깔고 화투장을 짝짝 때리는 소리가 여기저기서 들려왔다. 오죽했으면 '고스톱 공화국'이니 '고스톱 망국'이니 하는 기사들이 나곤 했고, 온라인 게임이 시작될 때조차 가장 먼저 대중화됐던 것 중 하나가 '맞고'를 비롯한 고스톱 게임이었다. 그런데 지금은? 주위에 특별한 날이든 평소든 고스톱을 치는 사람이 없다. 어디선가 누군가는 아직 즐기고 있겠지만, '국민 놀이'의 지위만큼은 분명 내려놓은 지 오래. 전 국민이 열광하는 것처럼 보였던 어떤 것도 한 세대가 지나면 마이너로 사라져간다. 세상은 소리 없이 빠르게 변화한다.

시
간

농구 경기 중간엔 시계가 시시때때로 멈추지만, 축구 경기 도중엔 시계가 멈추지 않는다. 시간을 다루는 두 가지 방식이 흥미롭다. 인플레이가 아니면 유의미한 시간으로 세지 않겠다는 농구의 논리와, 시간은 좌우지간 흐르는 것이고 인플레이가 아닌 순간은 추가 시간으로 보상하겠다는 축구의 논리. 물론 실세계에서 시간은 멈추지 않고, 무의미한 시간을 보냈다고 나중에 보충해주지도 않지만, 때론 생각한다. 우리 삶에도 농구 혹은 축구의 방식으로 시간이 주어진다면, 무엇을 택할지.

성
탄
절

눈이 오면 더 좋았다. 아이들은 아기 예수의 탄생보다 산타클로스의 방문에 들떴고, 어른들은 크리스마스이브에만 야간 통행금지가 풀렸다며, 왁자지껄 멀지 않은 과거를 회상했다. 그래, 그때 풋풋한 청춘들에게 성탄절은 해방의 날이었으리라. 두근거림을 간절히 원했던 시대. 무채색 거리에 초록과 빨강의 이국적 향취가 흩뿌려지던 날. 꼬마들과 연인들이 하나같이 손꼽아 기다렸던 밤. 그 알싸한 공기가 가끔 코끝에 느껴진다. 메리 크리스마스.

송
년

한 해 한 해가 갈수록 귀하다.

한 달 한 달이 더없이 소중하다.

하루하루가 뼈저리게 아쉽다.

그런데 왜 꼭 연말이 되어서야 그걸 깨닫나.

2
부

◉

상
상
의

높
이

영
화
관

우리는 플라톤의 동굴로 걸어 들어가 모닥불에 의해 동굴 벽에 비쳐 일렁이는 우리 자신의 그림자를 넋 놓고 바라본다. 누군가 중얼중얼 주문을 외기 시작하고 누군가 태곳적부터 전해 내려온 부족의 전설을 읊어 내려가자, 듣는 둥 마는 둥 뛰놀던 꼬마는 손을 모아 작은 새 그림자를 벽에 비추며 까르르 웃음을 터뜨렸다. 우리는 함께 앉아 숨을 죽이고, 몇 번이고 처음인 양 볼을 붉히며, 이야기가 마술처럼 떠올랐다가 홀연히 사라지는 순간의 기적에 열중하리라. 불이 꺼지고 빛이 들어온 곳, 빛이 비춘 꿈이 빛나는 곳, 우리가 자진해서 들어가는 유일한 암흑, 영화관에서.

리
셋

고객님께 드리는 것은 다름 아닌 리셋 버튼입니다. 이 버튼을 누르면 당신과 주변의 모든 상황이 5년 전으로 되돌아갑니다. 당신은 젊어질 것이며 실패는 원점으로 돌아가 재도전이 가능해집니다. 물론 그간 성취가 있었다고 해도 흔적조차 남지 않을 겁니다. 최근 5년 사이에 돌아가신 사랑하는 이가 있었다면 예전처럼 생존해 계실 것이고, 그사이 연인으로 발전한 커플은 다시 남남이 될 겁니다. 그리고 당연히 5년 내 태어난 생명은 애초에 존재하지 않았던 상태로 돌아갑니다. 당신은 버튼을 누르시겠습니까.

라
면

"라면이 혁명을 막았지."

늙은 혁명가가 술잔을 들며 말했다. 소반 위엔 냄비째 올려진 라면이 김을 내고 있었다. 휴대전화로 인터뷰를 녹음하던 내가 조심스레 물었다.

"그게 무슨 뜻이죠, 선생님?"

"모든 조건이 성숙했는데, 배고픈 민중들이 마침내 떨쳐 일어나려 했는데, 인스턴트 라면이 세상에 나왔어. 결국 누구나 간단히 한 끼를 해결할 수 있게 되면서, 혁명의 에너지는 묽어지고 만 거야. 속절없이 녹아내린 이 분말수프처럼."

노인은 소주를 단숨에 들이켜고는 원망하듯 면발을 집어삼켰다. 한 젓가락만 줄 수 없냐는 내 물음엔 아무 반응하지 않은 채.

가
르
마

"제 가르마는 이쪽이 아닙니다만?"

거울을 보는 K의 목소리가 떨리고 있었다. 단골 이발사에게 머리를 맡기고 잠깐 잠이 들었다가 눈을 떠 보니 처음 보는 수습생이 가르마를 반대로 타놓은 것이다.

"이쪽이 더 젊어 보이시는 것 같아서요."

구김살 없는 수습생의 응대에 당혹스러움은 더욱 커졌다. 어떻게 함부로 가르마를 바꿀 수 있지? 애당초 그게 가능한 일이었나. 가르마의 방향은 마치 지문처럼 타고나는 것 아닌가. 내 가르마는 60여 년 동안 나와 더불어 늙어왔는데, 저 거울 속의 낯선 이는 대체 누구란 말인가. 갑자기 모든 게 혼란스러웠다. 바뀐 가르마와 함께 그가 확고하다고 믿었던 것들이 신기루처럼 사라지고 있었다.

가
방

공항의 짐 찾는 곳에서 아무리 기다려도 C의 가방은 나오지 않았다. 마지막엔 그 가방과 닮은 가방 하나만 빙빙 돌고 있었다. C는 조용히 그걸 들고 걸음을 옮겼다. 항공사에 물었다간 이마저 못 갖게 될 테니. 무엇이 들었을까, 가슴이 뛴다.

라
이
터

흡연자들의 집집마다 잠자고 있는 엄청난 수의 라이터를 모아 비상시 군사용 연료로 사용하려던 군부의 계획은 수포로 돌아갔다. '거국적 라이터 모으기' 행사 당일, 사람들은 여느 때처럼 탄식했다. "아차, 또 두고 나왔네. 김 대리, 불 있나?"

A
I

"상처는 다 인간에게서 받은 거예요."

아이가 후디를 뒤집어쓰며 말했다.

"만약 인간을 상대하지 않아도 된다면, 상처받을 일도 없겠죠. 적어도 AI는 날 무시하고 차별하진 않을 거 아니에요. 내 출신과 외모를 저울에 올려놓고 제멋대로 판단하려 하진 않을 거 아니냐고요."

"아니. 아직까진 AI도 그래. 인간이 버그투성이라서. 그걸 배우는 게 AI라서."

난 가슴이 갑갑해짐을 느끼면서도 아이에게 그렇게 말해줄 수밖에 없었다.

"아저씨, 두고 봐요. 곧 AI가 인간의 오류를 싹 다 도려낼 거예요."

모자 그늘 속에서 아이의 눈이 서늘하게 반짝였다.

절
연

"그 순간 맘을 접었지." 아버지가 나뭇가지로 모닥
불을 뒤적이며 말했다. "미친개가 우릴 쫓아오던
날, 조금 앞서 달려가던 형이 고갤 돌려 날 보더니
눈에 광채를 띠며 희미하게 미소 짓는 걸 본 순간.
절연의 순간은 뜻밖에 쉽게 찾아온단다."

악
마

어느 화창한 토요일 아침 화장실 변기 위에 앉아 있는데 악마가 나타났다. "전대미문의 재능을 줄 테니 나중에 네 영혼을 다오." 난 하품을 하며 물었다. "당신, 파우스트 박사에게 눈퉁이 맞은 그 메피스토 어쩌고?" 악마는 꿈틀했지만 어렵사리 냉정을 유지하면서 말했다. "로버트 존슨이 어떻게 전설적인 블루스 맨이 됐는지 아느냐?" 난 비데를 작동시킨 뒤, 들고 있던 휴대전화로 뉴스 사회면을 검색해 그에게 들이밀었다. "당신처럼 정당한 계약을 제시하는 아마추어를 어찌 진짜 악마라 믿을 수 있겠어? 이 기사를 좀 봐. 진정한 악마는 이런 짓들을 하는데 말이야." 악마는 휴대전화를 받아 들고 기사를 읽더니 점점 작아져만 갔다. 마침내 티끌만 한 존재가 되어 사라진 순간, 할부가 남은 내 휴대전화가 화장실 바닥에 세게 떨어졌다.

좀
비

가사 상태에서 깨어난 줄리엣은 바닥에 쓰러져 신음하는 로미오를 보고 깜짝 놀라 로렌스 신부에게 물었다.

"오, 신부님, 로미오 님이 그새 놈들에게 물리고 만 건가요?"

로렌스 신부가 말했다.

"인간의 힘으로는 어찌할 도리 없는 큰 힘이 우리 계획을 망가뜨렸단다. 도망가야 해."

"신부님은 나가세요. 전 안 가겠어요."

줄리엣은 점액질이 흘러나오기 시작한 로미오의 입술에 가만히 입을 맞추며 속삭였다.

"당신의 입술은 아직 따스하군요."

묘지 밖에선 야경꾼들과 캐퓰렛 부부, 영주와 아버지 몬터규가 아무것도 모른 채 다가오고 있었다. 바야흐로 베로나의 두 원수 가문을 지구 위에서 완전히 소멸시킬 좀비 커플의 대폭주가 시작되기 일보 직전이었다.

가
상
인
간

졸리라는 이름의 가상인간은 약 1년 반의 전성기를 보내곤 급격히 대중에게 잊히기 시작했다. 새로운 취향을 반영한 미키라는 가상인간에게 자리를 뺏긴 것이다. 졸리가 담긴 사진과 광고 등은 온라인에 남아 있었지만, 마침내 제작사 측에서 더 이상 새로운 영상을 만들지 않게 되자 소수의 광적인 팬들은 묻지 않을 수 없었다. 졸리는 살아 있나요? 살아 있다면 지금 어디에 있나요? 개발자의 컴퓨터 안에? 업체의 서버 안에? 졸리는, 괜찮나요?

물
수
제
비

위대한 물수제비 챔피언 Y씨의 역사적 도전 당시
돌 위에 무당벌레 한 마리가 앉아 있었단 사실은 잘
알려지지 않았다. 거침없이 던져진 돌은 수면을 차
며 날쌔게 나아가 이튿날 후쿠오카 해변에 도착했
고, 벌레는 그제야 아무 일 없다는 듯 날아올랐다.

불

멸

실수를 가장해 피카소의 그림 쪽으로 넘어지며 그녀는 생각했다. "이게 내가 불멸에 다다를 유일한 방법이야." 누구도 손 쓸 새 없이 그림엔 커다란 구멍이 뚫렸고, 그녀는 세 시간가량 조사를 받은 뒤 미술관에서 풀려났다. 간절히 영원을 꿈꾸며.

서
재

읽지도 않으면서 그녀는 더 많은 책을 주문했다. 사방의 책장에 책을 꽂아 넣고 그 제목들만으로 이야기를 만들었다. 새 이야기를 위해서 책들의 배열을 바꿨고 모호한 부분이 생기면 새 책을 주문했다. 그녀는 서재를 읽고 있었다. 그 방의 이야기를.

물
방
울

수도꼭지 끝에 매달린 물방울은 필사적으로 떨어지지 않으려 버텼다. 그는 몰랐다. 그 또한 먼저 떨어진 물방울 덕에 서서히 물방울로 자라났음을. 그가 떠난 뒤에 역시 그와 닮은 물방울 하나가 같은 자리에 자라날 것을. 낙하의 순간이 다가온다.

평

행

우

주

그날 그 사고, 고속도로에서 내가 몰던 차가 빙글빙글 돌며 중앙분리대를 들이받고는 아예 뒤집혀 한참을 미끄러지다 멈춘 큰 사고 이후, 나는 내 주변의 모든 것이 미세하게 달라졌음을 느꼈다. 우연히 바로 뒤에서 달려오던 견인차 기사가, "당연히 운전자는 죽었으리라 생각했다"라며 별 탈 없이 차에서 내린 나를 신기하게 바라볼 때부터, 조금 비틀린 느낌을 떨칠 수 없었다. 난 다른 세계로 던져졌다. 내가 살던 우주에서 나는 이미 그 사고로 세상을 떠났을 것이다. 영문 모르고 넘어온 이 우주에선 컵 속 물이 출렁거리는 패턴이 미묘하게 다르다. 그것이 때로 참을 수 없이 신경 쓰인다.

중앙선

운전할 때마다 김씨는, 맞은편에서 달려오는 차가 중앙선을 넘어와 자신과 충돌하지 않을까 하는 걱정을 떨칠 수가 없었다. 1차선을 타면 숨이 가빠왔다. 어느 미친놈 또는 주정뱅이가 웃는 얼굴로 자신의 눈을 바라보며 달려들까 봐. 바로 지금처럼.

불

면

증

불면증 환자 J의 말. "언제나 같은 꿈이야. 지루한 학회발표장. 졸음이 쏟아지지. 그때 단상에서 누군가가 내 이름을 부르며 조롱해. 저기 자는 분이 있다고. 그때부터 난 졸지 않으려고 기를 쓰지. 그러니 말이야, 숙면을 취할 수가 있겠냐고."

공

포

증

비행기 추락사고로 죽을 확률이 화장실에서 미끄러져 뇌진탕으로 죽을 확률보다도 낮다는 얘기를 들은 R씨는 비행공포증을 떨치기는커녕 화장실공포증을 새로 얻게 되었다. 변 보는 일이 하늘을 나는 일만큼이나 무시무시해졌다.

눈
사
람

A씨는 폭설이 내린 다음 날 남자친구와 거리를 걷다가, 길가에 놓인 아담한 눈사람을 사정없이 걷어차며 크게 웃는 남자친구를 보고, 결별을 결심했다. 이유를 구구절절 설명하진 않았다. 저 귀여운 눈사람을 아무렇지 않게 부술 수 있다는 게 놀라웠고, 진심으로 즐거워하는 모습이 소름 끼쳤으며, 뭐 이런 장난 가지고 그리 심각한 표정을 짓느냐는 듯 이죽거리는 눈빛이 역겨웠다. 눈사람을 파괴할 수 있다면 동물을 학대할 수 있고 마침내 폭력은 자신을 향할 거라는 공포도 입에 담지 않았다. 단지 둘의 사이가 더 깊어지기 전에 큰 눈이 와준 게 어쩌면 다행이라는 생각이 들 뿐이었다.

위
기

부엌의 과도와 식칼, 공구함의 망치와 스패너, 상자 묶는 노끈, 묵직한 화분까지. 집 안에 가득한 물건들이 하나같이 흉기로 느껴지기 시작한 뒤에야, 그들은 이 결혼생활에 뭔가 문제가 있단 걸 깨달았다.

기
차

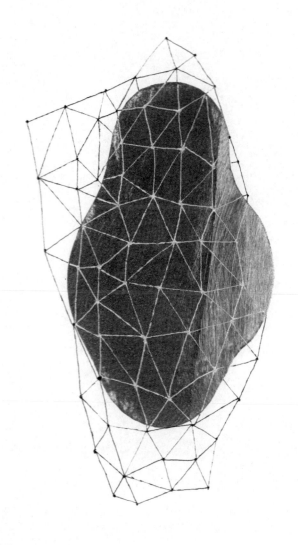

우리는 달리는 열차 안에서 서로에게 머리를 기대고 마치 언제까지나 이렇게 살 것처럼 창밖을 바라보며 속삭였지. "기차엔 왜 안전벨트가 없는지 알아?" 우리의 미래엔 어떠한 사고도 일어나지 않을 거란 믿음 아래, 이것이 세상에서 가장 흥미로운 주제라도 되는 양 지레 열띠게 토론했지. 달리는 열차에서 선로를 바라보는 기관사가 아닌 바에야 어떻게 알았겠어, 우리의 사랑이 그 후로 평행선을 그리게 될 줄. 우리의 삶이 영원히 맞닿지 않고 지금 이날까지 지속될 줄. 그리고 그걸 우리가 끈질기게 지켜볼 줄.

샤
워
볼

"샤워볼을 색과 모양, 기능별로 수백 개 갖고 있다는 게 왜 이혼 사유가 됩니까?" M씨가 항변했다. "그날그날 날씨나 기분에 어울리는 최적의 샤워볼이 있다고요. 그 누구의 손길보다 큰 위안이 되는. 설마, 아내가 샤워볼을 질투한 건 아니겠죠?"

베
개

불면의 밤을 지새우던 그는 완벽한 꿈의 베개를 찾는 원정에 돌입했다. 부드럽되 단단하고 푹신하되 탄력 있는 베개를 찾아 온 세상을 누볐다. 여정은 날로 혹독해졌고, 어느 날부턴가 그는 녹초가 되어 머리가 땅에 닿자마자 곯아떨어지고 있었다.

휴
지

경제학자 K는 경기 흐름을 파악할 때 '공중화장실 휴지'에 주목한다고 말한다. "가는 곳마다 휴지가 충분히 있다면 당연히 호황이지요. 하지만 비치된 휴지를 몰래 집에 가져가는 사람이 늘고, 휴지를 제때 공급할 예산이 달려 텅 빈 휴지걸이가 흔해진다면 위기입니다. 어쩔 수 없이 설치한 공중화장실 앞의 휴지 자판기에조차 휴지가 떨어지고 마트에도 동이 나 사람들이 꼭 개인용 휴지나 그 대용품을 들고 다닌다? 이미 늦었어요. 대공황이 올 겁니다. 그나저나 옆 칸의 신사분, 지금이 그중 어떤 단계인지는 모르겠으나, 혹시 휴지 남은 것 있습니까?"

회
전
문

"회전문 안에 갇힌 새 얘기 들어봤어? 아무리 날아도 끝이 나오지 않으니 그 안이 무한한 세계라 믿었단 거야."

"멍청하긴."

"그러게 말이야."

우리 둘은 동시에 걸음을 멈췄다.

보

조

개

그녀의 보조개는 다른 세계로 들어가는 문이었다.
쉽사리 열리지 않는. 문은 보통 흔적도 없이 닫혀 있
었고, 가끔 희미하게 빛이 새어 나올 뿐이었다. 그
세계를 보기 위해 모든 걸 바쳤으나, 난 실패했다.
그녀는 열쇠를 가진 자를 찾아 떠났다.

세
포

"우리 몸에선 매일 세포가 죽고 그만큼 새로운 세포가 생겨. 1년쯤 지나면 몸 전체에 1년 전 세포는 거의 남지 않지. 그래서 그런 거야. 몇 년 전 네가 저지른 일들이 도저히 이해되지 않는 건. 그땐 다른 사람이었다고."

3

부

◉

언

어

의

차

이

앞
뒤

"10년 앞을 내다보라"라는 말과 "10년 뒤를 내다보라"라는 말은 정확하게 같은 뜻이다. 이상하지 않은가? '앞과 뒤'를, 대체 가능한 한자인 '앞 전前과 뒤 후後'로 바꾸어보면 실감할 수 있다. '10년 전'은 과거를, '10년 후'는 미래를 뜻한다. 한데 어찌하여 '10년 앞'과 '10년 뒤'는 둘 다 미래를 의미하게 되었을까. 시간의 앞과 뒤는 같다는 뜻일까. 우리는 앞으로 가든 뒤로 가든 결국 미래로 흘러간다는 뜻일까. 시간의 '앞뒤'를 바라볼 때와 '전후'를 바라볼 때, 우리의 시선이 향하는 쪽과 우리가 등진 쪽은 어디인가.

두
려
움

둘째가 물었다.

"아빠, '무섭다'랑 '두렵다'가 어떻게 달라?"

잠깐 생각해보다 대답했다.

"비슷한 뜻인데, 쓰임이 다를 때가 있어. 예를 들어,
세아가 어젯밤 꾼 꿈을 '무서운 꿈'이라고는 말해도
'두려운 꿈'이라고 하면 어색하지."

그랬더니 둘째가 뭔가 깨달았다는 듯 덧붙인다.

"아, '무서운 꿈을 꿀까 봐 두려워'!"

원
만
圓
滿

둥글어진다는 건 무뎌진다는 걸까. 아니, 뾰족했을 때보다 더 많은 것을 섬세하게 느낀다는 거겠지. 2차원에서 선으로 그린 땅 위를 별 모양이 구른다고 생각해보자. 별 모양은 뾰족하게 튀어나와서 땅 위에 닿는 부분과 아예 안 닿는 부분이 극단적으로 나뉘어, 닿는 부분은 무척 민감하지만 안 닿는 부분은 한 없이 둔감할 게다. 반면 둥근 원이 구를 땐 모든 부분이 빠짐없이 닿으며 땅 위의 전부를 느낄 테니, 무릇 뾰족한 사람을 두려워 말고 둥글둥글한 사람을 어려워하라. 사실 그는 모든 걸 파악하고 예민하게 주시하는 이다.

변화

"너 변했어"라는 말은 힐난이지만 "몰라보게 바뀌었네"라는 말은 찬사일 때가 있다.

"사람이 갑자기 변하면 죽는다"라는 이도 있지만 "변화만이 살 길이다"라는 이도 있다.

변하지 않으면서 변화할 수가 있을까. 둘은 다른 것일까. 변화는 불가피하게 무언가와의 단절을 수반할 터인데, 단절된 쪽에서 보기엔 '변해버린' 것 같겠지만, 단절한 쪽에선 '변혁을 일으킨' 것이다.

누
다

갈수록 '누다'라는 동사가 적게 쓰이고 '싸다'로 통합되는 듯하다. '똥을 누다'와 '똥을 싸다'는 엄연히 다른 느낌인데 말이다. 전자는 변기에, 후자는 속옷에, 전자는 의도를 가지고, 후자는 의도치 않게 배설한다는 뉘앙스의 차이가 있지 않은가. 어린아이가 "나 똥 쌌어"라며 울먹거리는 얼굴도 떠오르고.

그릇을 '부시다'가 '씻다'로 흡수되고, 옷을 '지르잡다'조차 '빨다'로 흡수된 것을 보면 '싸다'로의 일원화를 막기는 어려워 보이지만, 아직도 "똥 싸고 올게"는 내겐 너무 가혹하다. 그렇다고 "똥 누고 올게"가 딱히 향기롭다는 것은 아니지만.

개
떡

"개떡같이 말해도 찰떡같이 알아들어"라는 건 개떡같이 말한 쪽에서 염치없이 강요할 얘기가 아니라, 감성과 지력을 총동원하여 마침내 상대가 원래 전하고자 했던 의미를 포착하는 일에 성공한 쪽에서 "개떡같이 말씀하셨어도 찰떡같이 알아들었어요"라고 한숨을 돌리며 토로할 얘기가 아닐까. 어느 쪽 입장이든 개떡같이 말했다는 사실만은 변하지 않으니, 찰떡같이 말해주세요.

클
리
셰

'그 이상도 이하도 아니다'라는 표현은 실상 아무것도 말하지 않는 경우가 대부분이다. 예를 들어 '말장난, 그 이상도 이하도 아니다'라는 문장은 '말장난이다'라고 적는 편이 더 간명하고 힘 있다. '그 이상도 이하도 아니다'란 표현은 결국 멀쩡한 문장에 상투적으로 무의미한 단어들을 덧붙여 겉멋을 부린 말장난, 그 이상도 이하도 아니다.

공
감

능
력

전염병 장기화로 경제적 어려움을 호소하는 분들의
이야기를 다룬 기사, 그 아래 달린 두 가지 댓글.
하나는 "너희만 힘든 게 아니다."
또 하나는 "남 이야기가 아니다."
같은 상황을 해석하는 다른 마음. 후자의 마음을 지
니고 싶다.

가

스

재야 언어학자 Y씨는 '가스'를 '가스'라고 읽는 이를 찾아 전국을 헤맸다. 사람들은 가스라 쓰고도 '가쓰', 나아가 '까쓰'라고 발음하고 있었다. 돈가스마저 모두 '돈까쓰'라고 말하는 현실에 낙심한 그는 아무도 글자 그대로 읽지 않는다면 표기법을 바꿔야 하는 것 아닌가 고민하기 시작했다. 버스는 '버쓰'나 '뻐쓰'로, 뉴스는 '뉴쓰'로 바꿔야 할까. 1950년대식으로 '늬우—쓰'까진 아니더라도. 그때 그의 눈앞에 극적으로 나타난 이가 있었으니 '가스'를 '가스나'의 앞 두 글자처럼 정직하게 발음하는 한 시골 할머니였다. Y씨는 보석을 쥐듯 할머니의 손을 꼭 잡으며 제발 '도시가스'를 한 번만 읽어봐 달라고 부탁했다.

부

분

학생들은 '이 교수'를 '이 부분 교수'라고 불렀다. 강의 중 말버릇 때문에.

"이 부분은 좀 앞뒤가 맞지 않는 부분 같지만, 우리가 어떤 부분으로 접근하느냐에 따라 결과가 다르게 도출되는 부분이 있는 만큼, 후속 연구가 필요한 부분이라고 생각돼요."

학생 한 명이 슬쩍 질문한다.

"교수님, 이해가 되는 부분이 있고 안 되는 부분이 있는데, 다시 설명해주실 수 있으실까요?"

이 부분 교수는 전혀 의식하지 못하고 되묻는다.

"어떤 부분이 이해가 안 되는 부분인가? 그 부분을 알아야 구체적 부분에서 논의가 가능한 부분인데."

화상 수업 화면에 부분부분 학생들의 숙인 머리가 들썩인다.

친

절

어느 비 오는 날 시내버스를 탔다. 목적지에 도착해 내리려는 순간, 버스 기사 아저씨가 거칠게 쏘아붙였다. "거— 우산 갖고 내려요!" 난 당황했지만 이내 내 손에 든 우산을 흔들어 보였다. 알고 보니 기사님은 내 뒷자리 승객이 앞 의자 등받이에 걸어놓은 우산을 룸미러로 보고는 내가 두고 가는 것이라 착각한 모양이었다. 승객의 우산 분실을 막아주려는 마음은 무척 아름다웠지만 그 말투는 퍽이나 퉁명스러웠기에, 내려서 한참을 고민했다. 저 기사님은 친절한 분인가, 그렇지 않은 분인가. 때로 친절은 아이러니 속에 있다.

맛

"내가 보는 빨간색이 당신이 보는 빨간색과 같은 색이라고 믿을 근거는 아무것도 없습니다. 마찬가지로 내가 느끼는 맛과 당신이 느끼는 맛이 같은 맛이라고 믿을 근거 역시 없지요. 난 맛만 있는데." 손님의 불평에 주방장이 건조하게 대꾸했다.

칫
솔

"화장실에서 설거지를 하다니, 이 식당 해도 너무한 거 아닙니까?" 흥분해 소리 지르는 손님을 향해 주인아주머니는 태연히 대꾸했다. "집에선 변기 옆에 칫솔을 두고 날마다 그걸로 입 안을 쑤시면서 뭘 그러슈?"

인
과
因
果

유치원 다니던 둘째를 차 뒷자리에 태우고 달리던 중 속도가 붙으니 아이가 말했다.

"아빠, 너무 빨라. 한 손으로 운전해."

"응?"

"아빠가 두 손으로 운전하면 차가 빨라지고 한 손으로 운전하면 느려지잖아."

아하, 느리게 갈 땐 한 손만 쓰다가 속도가 높아지면 나도 모르게 두 손을 핸들에 올리는 걸 쭉 보아온 둘째는 반대로, 두 손으로 핸들을 잡으면 차가 빨라진다고 믿었던 것이다.

귀여워 웃다가 생각했다. 세상을 읽는다는 나의 눈이 이 친구와 다르면 얼마나 다를까.

4부

◉

노래의 깊이

기
타

끌어안지 않고 기타를 칠 방법이 있을까. 끌어당겨 어루만지고 쓰다듬으면 오래 함께한 반려동물처럼 조용히 갸르릉대는 기타를. 나보다 몇십 년 더 살고도 내 품을 파고들며, 지나온 나라와 시대의 비밀을 들려줄 듯 말 듯 희롱거리는 기타를. 우리는 숨결과 체온을 나누고, 우리는 손끝의 떨림을 나누고, 우리는 오늘도 몸을 맞대고 영원히 흔들릴 배처럼.

춤

"음악에 관해 글을 쓰는 건, 건축에 관해 춤을 추는 것과 같다 Writing about music is like dancing about architecture." 오랫동안 수많은 뮤지션, 비평가, 코미디언 들이 인용한 이 문장은, 음악에 관한 글쓰기가 결국 본질과 동떨어진 헛다리 짚기에 불과하다고 냉소 혹은 자조하지만, 이 문장을 볼 때마다 난 건축에 관해 춤을 추는 한 무용수를 머릿속에 떠올리게 된다. 상상할 수 있겠는가. 고독한 무용수가 추는, 어느 건축에 관한 눈부시게 아름다운 춤을. 그렇다면 음악에 관해 글을 쓰는 것도 완전히 무모한 일만은 아닐지 모른다.

창
작

내가 먹은 음식 중에서 어떤 것들이 무슨 조화로 내 손톱이 되고 머리카락이 되고 피와 살과 뼈가 되는지 잘 모르듯, 내가 경험한 삶 속에서 어떤 것들이 무슨 조화로 이 곡이 되고, 저 노랫말이 되고, 그 이야기가 되는지 알지 못한다. 그래서 가끔 누군가 창작의 영감에 관해 물어오면 난감하다. 그저 매일 골고루 먹고 마시고 좋아하는 것들을 좀 더 탐닉하듯, 이것저것 듣고 보고 읽고 겪다 보면 어느 날, 문득 새로운 작품의 세포가 만들어지는 게 아닐지. 결국 내 몸의 주인이지만 인체시스템에 대해 잘 모르듯, 내 작품의 주인이지만 창작시스템에 대해 잘 모른단 말씀. 하루하루 살아가는 수밖에.

사
고
실
험

당신에게 매일 창작 작업을 시키고 괜찮은 금전적 대가를 지불하는 고용인이 있다. 그런데 그는 어떤 이유에서인지 받아간 결과물을 아무 곳에도 발표하지 않고 폐기 처분한다. 당신의 작품들은 매번 무의미하게 파괴되지만, 작품료는 꼬박꼬박 입금된다. 고용인은 자기가 비용을 지불한 이상 그 작업물을 마음대로 할 권리가 있다고 주장한다. 당신이라면 이 일을 언제까지 계속할 것 같은가.

멀
티
태
스
킹

내게 도저히 불가능한 멀티태스킹 중 하나는 '음악 들으며 무엇하기'다. 학창 시절 음악 들으며 공부하기가 어려웠듯, 요즘도 음악 들으며 책 읽기가 힘들다. 줄곧 같은 문장에 머물며 한 페이지 이상 진도가 나가지 않는다. 한잔할 때도 되도록 음악이 없는 곳을 택한다. 뮤지션에게 음악은 언제고 뒤에 깔아놓는 '백그라운드 뮤직'이 될 수 없다. 음악이 들리는 순간, 그것이 본론이고 주제고 모든 신경을 앗아가는 블랙홀이다. 좋든 싫든 화성 진행을 파악하고 악기 연주를 품평하고 사운드 믹싱을 분석하며 속절없이 끌려다닌다. 중요한 대화를 하려는데 앞에 '차원의 문'이 열린다? 죄송하지만 우리, 음악 없는 곳으로 옮길까요?

거
위

1997년, 카니발 앨범을 만들 때 동률이가 쓴 발라드 한 곡에 가사를 붙이게 됐다. 마감이 다가와 동률이가 뒤에서 초를 재듯 지켜보던 와중에, 꿈을 끌어안고 끝내 이루려는 아이의 이야기를 썼고, 가사에 맞춰 제목을 지으려니 '날지 못하는 새'가 여럿 떠올랐다. 닭의 꿈. 펭귄의 꿈. 타조의 꿈? 하나같이 탐탁지 않을 때 문득 초등학생 시절 TV에서 본 〈닐스의 모험〉이 생각났다. 날지 못하던 거위가 마법에 걸려 엄지만큼 작아진 닐스와 하늘을 나는 이야기. 몇 년 뒤에 캐나다의 한 팬이 "우리 동네에선 거위들이 잘만 날아다녀요"라고 알려주고 나서야 거위가 꼭 하늘을 못 나는 것이 아니란 사실을 알게 되었지만, 뭐 어떡하겠는가, 이미 이 노래는 〈거위의 꿈〉인 것을.

비

어린 시절, 비만 오면 왠지 기분이 가라앉고 우울해지곤 했다. 우울감과 비를 연관 짓게 된 것은 스물이 넘어서였다. 그 전까지는 갑자기 허하고 눈물이 날 것 같을 때 이유를 찾지 못해 고민했었다. 비와의 연관성을 찾은 후에는 마음이 조금 편해졌고, 난 그 우울감을 해소하고자 아예 비에 관한 노래를 쓰기로 했다. 신기하게도 그 노래를 발표한 이후론 비가 내려도 예전처럼 힘들지 않다. 비 오는 날마다 라디오에서 노래가 흐르니 저작권료가 들어와 그런지.

가제가 '장마'였던 그 노래는, "그렇게 하면 사람들이 장마철에만 듣는다"라는 당시 매니저의 참견에 힘입어 〈Rain〉이란 제목으로 세상에 나왔다.

하

늘

'마른하늘'이란 말은 "마른하늘에 날벼락"이란 표현 외에는 잘 쓰이지 않는다. 한자로는 청천벽력靑天霹靂일 테니, '맑은'에서 기역이 탈락하여 '마른'이 된 예일 것이다. 그걸 알지만 굳이 마른하늘을 달리고 싶었다. 마치 날벼락처럼 번쩍이고 싶었다. 영화 〈스타워즈〉의 스카이워커Skywalker보다 한발 더 빠른 스카이러너Sky Runner가 되고 싶었다. 이카루스가 밀랍날개 다 녹을 때까지 태양을 향해 날았던 것처럼, 설혹 두 다리 모두 녹아내린다고 해도 태양 가까이 날아 그대에게 가고 싶었다. 나의 희망이자 구원을 향해.

빨
래

'빨래'는 손으로 할 것 같다. '세탁'은 세탁기가 할 것 같고. 그래서 "세탁을 해야겠어요"라고 노래할 순 없었다. 물을 받고 때를 빼고 한 방울도 나오지 않을 때까지 쥐어짠 뒤 남은 물을 버리는 일련의 행위를 통해 묵은 사랑의 흔적을 다 지워버리고 싶었다. 하지만 그게 참, 말처럼 쉽지가 않아서, 오후에 비가 온다고 해도 시작했던 빨래를 손목이 떨어져 나갈 때까지 계속한다. 이마에서 흐르다 눈에 들어간 땀을 연신 어깨로 닦아내며. 눈물이 아니라고 스스로 되뇌며.

매

듭

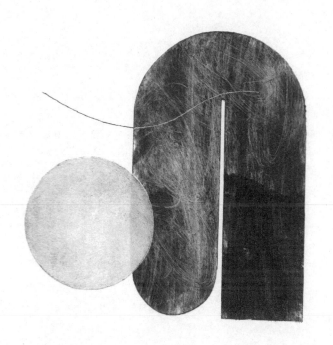

손재주가 없다. 영어 'all thumbs'라는 표현을 처음 봤을 때 나를 보고 만든 말인가 싶었다. 어린 시절 찍찍이 신발에서 끈이 달린 운동화로 옮길 때 거대한 협곡을 눈앞에 둔 듯 막막한 기분이었다. 하루에도 몇 번이고 끈이 풀렸고 그걸 다시 어설프게 묶기까지 한참이 걸렸다. 그래서 언젠가부터, 절대 풀리지 않을 '엉망진창 매듭'을 묶기 시작했다. 노래 〈매듭〉에 나오는 매듭은 그런 매듭이다. 정교하게 디자인된 기능적 매듭이 아닌, 막무가내로 꼬여 있는 응어리 같은 매듭. 어떤 사랑의 기억은 그런 매듭으로 남는다.

거
짓
말

인파로 북적이는 봄날, 어린이대공원 같은 곳에 아이를 버리고 가는 비극적 사건을 다룬 기사가 오래전엔 심심치 않게 신문에 났다. '기아棄兒'라고 했다. '아이를 버리는 일.' 그날따라 가진 것 중 가장 좋은 옷을 입히고 손에는 풍선을 쥐여주고 솜사탕도 사준 뒤, "여기 조금만 있어. 금방 올게." 하며 사라진 부모. 아이는 영문 모른 채 기다리고, 해가 뉘엿뉘엿져도 엄마 아빠는 돌아오지 않고. 화장실도 못 가고 몇 시간째 서 있는 아이에게 누군가 "네 부모 어디 있니?" 물으면 아이는 "금방 온다고 했어요. 이제 곧 올 거예요." 답하곤 입술을 깨물며 버텼을 것이다. 아이 아빠가 된 뒤, 문득문득 그 아이의 심정을 헤아려볼 때마다 한없이 아득해졌다. 그래서 쓰게 된 노래가 〈거짓말 거짓말 거짓말〉이다. 가장 사랑하는 이에게 버림받는다는 것은 어떤 일인가.

렛

잇

고

첫째가 초등학교 6학년 때 말하길, 학교에서 〈렛잇고〉가 나오면 아직도 모두가 따라 부른단다. 하긴 작곡가가 전 세계 부모에게 사과할 정도로 아이들을 사로잡은 '중독송'이었으니 그럴 만도 하다.

상상해본다, 이 아이들이 노인이 되었을 때 지구 어디에서든 〈렛잇고〉가 흐르면 인종과 국적에 상관없이 하나 되어 이 노래를 따라 부르는 장면을. 호호할머니, 파파할아버지 들이 아주 오래전 부모와 함께 극장에 갔던 시간을 떠올리면서 다른 나라에서 온 노인들과 입을 모아 〈렛잇고〉를 외치는 장면을. 힘들었던 생의 애환은 모두 흘려보내자고, 제목의 의미를 새삼 새기며 눈물 머금고 소리 높여 노래하는 장면을.

산
토
끼

〈산토끼〉는 어디에 있나? 멜론에 있나? CD에 있나? 아니면 음악책에 있나? 악보를 볼 줄 모르는 사람도, 녹음된 〈산토끼〉 음원을 한 번도 들은 적 없는 사람도 머릿속에서 〈산토끼〉 멜로디와 노랫말을 떠올리는 데 아무 문제가 없다. 유치원생도 〈산토끼〉를 부를 수 있고 심지어 누구에게 가르쳐줄 수 있다. 정녕 〈산토끼〉는 어디에 있나? 공연 모습을 담은 영상 속에 있나? 육필 악보가 전시된 박물관에 있나? 조금 간지럽지만 인정하자. 〈산토끼〉는 우리 마음속에 있다. 노래는 우리 마음속에 있다. 그걸 불러내는 일이 바로 노래를 부르는 일.

라
이
브

지난 스포츠 경기를 보는 것만큼 김새는 일이 있을까. 승패를 모르고 있다고 해도 마찬가지다. LIVE라는 네 글자가 TV 한 귀퉁이에 있고 없고는 긴장감 면에서 하늘과 땅 차이. 우리는 왜 그토록 LIVE에 집착할까.

인생의 순간순간마다 예기치 못한 사건을 마주치고 그것이 바로 삶의 본질이라고 느끼는 우리는, 그 아슬아슬한 불가지성不可知性의 터널을 지나버린 과거의 일 따위엔 이미 관심이 없는 것 아닐지.

그래서 스포츠 중계는 생방송이 필수고 가수는 라이브 콘서트가 필수다. 펄떡펄떡 살아 있음을 느끼고 싶다. 라이브하고 싶다.

층

간

소

음

쇼팽 콩쿠르 우승자의 소감.

"소음을 감내해주신 아파트 위아래, 옆집 주민들께
감사드립니다."

아랫집 할머니의 눈물.

"그놈이 바이엘 칠 때부터 들어왔지. 실력이 느는
게 느껴지면 짜증이 좀 누그러지곤 했어. 말도 마.
그 긴 세월을."

콘
서
트

J는 콘서트장에 가면 늘 눈을 감는다. 그편이 집중하기에 좋다고 말한다. "눈을 떴을 때, 그리던 것과 전혀 다른 장면이 펼쳐지면 작은 절망에 빠져요. 나에게 뮤지션의 표정이나 몸짓은 중요치 않아요. 그 마음의 풍경이 궁금할 뿐."

피
아
노

공터에 버려진 속 빈 피아노를 치러 오는 소녀를 위해 소년은 피아노 안으로 들어가 기다렸다. 그리고 낡아 덜그럭거리는 건반을 누를 때마다 노래를 불러주었다. 소녀가 깔깔거리자 소년도 웃음이 터졌다. 그게 둘의 최초의 합주였다.

5부

◎

자신의

길이

씨

앗

유적 발굴로 발견된 700년 전 씨앗에서 연꽃이 피더니 1200년 전 씨앗도 싹이 나서 곧 꽃을 피워낼 거라는 뉴스를 보았다. 땅속 항아리 안에 담겨 있던 씨앗들은 '일정한 조건이 오면 수분과 양분을 빨아들여 발아하고 연꽃으로 성장한다'라는 설계도를 간직한 채, 자그마치 1200년 동안 말라비틀어지거나 죽지 않고 버티고 있었다. 허투루 보면 티끌 덩어리 같았겠지만 실은 꽃의 꿈을 품은 생명의 씨앗이었다. 잠재력이란 말을 이 이상 절절히 웅변할 예가 있을까. 내 안엔 과연 어떤 설계도가 있는가.

짜
증

짜증을 내는 것은 상황 개선에 도움이 안 된다. 무언가 부당하다고 생각하면 항의하고, 그게 받아들여지지 않으면 분노하자. 짜증은 분노처럼 보이지만 실제로는 정면 승부를 피하며 불편한 감정을 해소하는 우회로일 뿐이다. "아 진짜. 또 시작이냐. 짜증나게. 네가 맨날 그렇지 뭐." 짜증은 관계를 파괴하고 개선을 방해한다. 차라리 성실하게 화를 내고 끝까지 다퉈보자. 그것이 상대에 대한 예의다.

경

우

경우 없는 사람에 대한 분노는, 행위 자체에 대한 분노뿐만 아니라, 그런 행위를 용인해왔을 성장환경, 그런 행위를 가능케 하는 사회구조, 끊임없이 권력 관계를 재다가 스스로 갑이라고 생각하는 경우에만 폭주하는 교활한 상황 판단에 대한 분노를 모두 포함하기에 복합적이고 근원적이며 폭발적이다.

솜
사
탕

너구리는 뭐든지 씻어 먹는 습성을 지녔는데 솜사탕을 건네주면 그마저 물에 씻어 먹으려다 결국 빈손이 되고 만다는 이야기를 들었다. 나는 어떨까. 오래 굳어진 습성과 고집으로 말미암아 나에게 주어진 기회를 허망하게 잃어버린 적은 없었을까. 너구리는 귀엽기라도 하지만.

눈
물

오래전, 정말 즐거운 술자리에서 갑자기 눈물을 흘리던 친구가 있었다. 다들 놀라 왜 우냐고 물었더니 그는 대답했다. "이렇게 행복한 순간이 언제 또 올 수 있을까, 다시 오긴 할까 하는 생각이 들어서."

모두 웃음을 터뜨리며 "걱정도 팔자다." "우리 인생, 시작에 불과하다." 소리치면서 건배를 했지만, 이제는 안다. 그 눈물에 일리가 있었음을. 20대 젊은이를 감상에 빠지게 한 것은 취기였겠지만, 그 너머엔 삶의 유한성에 대한 정신 번쩍 나는 깨달음이 있었다는 것을.

이
석
증

이석증이 생긴 지 10년이 되었다. 내 경우 찬 바람 부는 계절에 특히 신호가 오는데, 이런저런 경험 끝에 왼쪽으로 누우면 좋지 않다는 걸 알게 되어, 오른쪽으로만 누워 잔 지 오래다. 자다가 살짝 왼쪽으로 뒤척이면 어지럼증이 비집고 들어올 때가 있다. 히치콕의 영화 〈현기증〉에서처럼 세상이 빙글빙글 도는 '회전성 현기증'의 전조. 아찔한 낭떠러지 끝에서 발을 빼듯 급히 오른쪽으로 몸을 돌리면 그제야 진정되는 가느다란 요동. 있는지도 몰랐던 귓속 작은 돌의 위치가 미세하게 바뀌는 것만으로 세상의 안정감이 완전히 흔들린다. 인간이란 얼마나 허약한 존재인가.

고
수

고수를 좋아하게 된 건 서른 살부터였다. 그 전까지 고수를 먹는 사람을 이해하지 못했다. 음식에 화장품 냄새나는 풀을 넣는다고? 왜 다 된 밥에 재를 뿌리지?

서른 살 때 보스턴의 한 베트남 식당에서, 속는 셈 치고 시도해보라는 친구의 말에, '그래, 외국까지 왔는데 눈 딱 감고 마지막으로 먹어보자'라는 생각으로 고수와 쌀국수를 입에 듬뿍 밀어 넣은 순간, 이 허브의 존재 이유가 온몸으로 납득이 되며 덜컥 사랑에 빠졌다.

어떤 맛은, 어떤 경험은 그러하다. 벼락같이 기호를 바꾸고 인생을 그 이전과 이후로 나눈다. 그러니 마음을 열어두자. 완성된 취향 따위는 없다. 우리는 끊임없이 바뀔 때 젊다.

지속

속

가

능

성

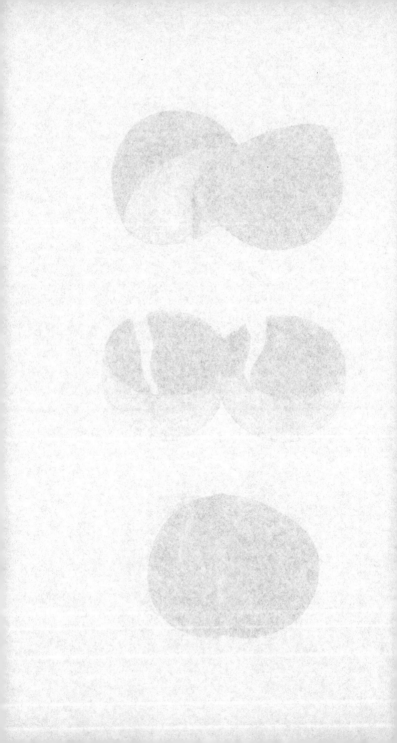

일도 연습도 운동도 공부도 취미도 지속 가능한 방식을 택한다. 한두 번 영혼을 불사를 듯 무리하여 깜짝 성과를 낼 순 있지만 자기 속도와 맞지 않으면 금방 멈춰 서게 되고, 심하면 넌덜머리가 나 아예 반대쪽으로 튈 수도 있다. 달리지 않고 적정한 보폭으로 적당히 숨찰 정도로 걷는다. 게을러 보일 수도 있고 승부욕이 없어 보일 수도 있지만, 스스로는 안다. 어디로 가는지, 잘 가고 있는지. 그렇게 오늘도 타박타박 걷는다. 계속 걸을 수 있는 페이스로 가끔 쉬기도 하며. 흥분해서 내닫다 탈진하지 않도록.

강
박

다른 이의 스마트폰을 힐끗 보았을 때, 앱 아이콘 우측 상단에 숫자들이 왕창 붙어 있는 걸 발견하면 깜짝 놀라곤 한다. 안 읽은 카톡 999+개, 안 읽은 메일 262개. 어떻게 저걸 참을 수 있지? 왜 읽지 않고 두는 거지? 언제부터 쌓여온 숫자일까? 언제까지 저 상태로 방치하려는 거야? 날 잡아서 한꺼번에 정리하긴 하려나? 영원히 읽지 않는 것도 있을까? 내용이 궁금하지 않은가? 위급한 연락이면 어쩌려고? 중대한 계약 건이면 어떡하려고?

나름 유유자적한 사람이라 생각했던 나는 알고 보니 강박덩어리. 당신은?

잠

잠이 오다 자꾸 달아나. 작은 고양이처럼. 살금살금 다가오길래 살짝 실눈 떠 살피니 화들짝 놀라 멀리 도망가. 아뿔싸. 난 매일 밤 똑같은 실수를 하곤, 짐짓 모른 척 몸을 돌린 채 다시 돌아와 주길 두 손 모아 빌 수밖에. 분침은 지루하게 원호를 그리고, 뒤척임에 흔들렸던 방 안 공기 사뿐히 이불 위로 가라앉아, 이 나른한 숨바꼭질도 이젠 조금 버겁다고 생각할 무렵, 쉿, 어렴풋이 느껴. 내 등 뒤로 소리 없이 다가온 잠을. 거기 그대로 있어줘. 이번엔 제발, 달아나지 마.

삼
시

세
끼

아침엔 '아침 식사 거르면 머리 회전도 안 되고 점심 저녁 폭식하게 되니 든든히 먹자.'

점심엔 '지금 부실하게 먹으면 저녁때 과식할 테니 저녁 생각 안 날 만큼 넉넉히 먹자.'

저녁에 밖에선 '술 한잔하는데 안주 안 먹으면 위도 상하고 급히 취하니 잘 챙겨 먹자.'

집에선 '애들 앞에서 깨작거리는 모습 보이면 교육상 안 좋으니 복스럽게 먹자.'

나의 삼시 세끼. 도대체 다들 다이어트는 어떻게 하는 걸까?

나
이

나이를 먹는다는 건 나 자신을 다루는 법을 조금이나마 더 잘 알게 되는 것. 게으르고 괴팍하며 소심하고 엉뚱한 자아를 어르고 달래면서 느릿느릿 앞으로 나아가는 것. 한심하기도 안쓰럽기도 섬뜩하기도 답답하기도 한 나, '이것도 팔자인데 어쩌겠니.' 하는 심정으로 마침내 인정하고 동행하는 것. 너나 나나 고생이 많다. 나 때문에 너도 참 고생이 많다.

커
피

카페인에 약해서 진한 커피를 마시면 가슴이 뛰고, 가슴이 뛰면 불안감이 몰려온다. 불안해서 가슴이 뛰기도 하지만 가슴이 뛰어 불안해지기도 하니, 사람의 몸과 마음은 서로 속을 만큼 아둔한 구석이 있다. 이성과 롤러코스터를 타고 나면 서로 호감을 느끼는 것도 결국 가슴이 뛰기 때문이라던데, 커피를 마신 뒤 불안하기보다 설레는 쪽으로 가슴이 뛴다면 얼마나 좋을까. 아니, 그건 그것대로 곤란할 수도 있겠군.

술

술은 첫 두 잔이 가장 행복하다.

이후는 그 기분을 유지하려 애쓰는 짠한 발버둥.

거
울

거울이 극히 드물던 시대에, 그러니까 연못 같은 곳에 비추지 않으면 제 얼굴을 통 볼 수 없던 시대에, 사람들은 자기 외모를 어떻게 생각했을까. 한참 자랐는데 여전히 어린애의 얼굴이라고 착각했을까. 갑자기 늙어버린 자신을 확인했을 땐 아버지나 어머니를 본 듯 소스라치게 놀랐을까. 우리가 십수 년간 잠적했다가 다시 카메라 앞에 선 배우를 보고 품는 감정을, 가끔씩 자신의 얼굴을 보고 느꼈을까. 대체 '나'에 대한 감각은 지금의 우리와 얼마나 달랐을까. 거울 속 낯선 나를 보며 거울의 부재를 바라본다.

욕
심

욕심 없어 보이려는 것도 나의 욕심. 어쩜 가장 정직하지 못한 못난 욕심. 그렇다고 누가 마냥 욕심부리는 건 참지 못하겠으니, 욕심을 참는 시늉이라도 했으면 하는 작은 욕심.

성
공

싫은 사람과는 같이 일하지 않아도

먹고사는 데 지장이 없는 상태.

부

작

용

매일 오늘이 인생 마지막 날인 것처럼 살라는 현인

賢人의 말을 듣고,

매번 이 식사가 인생 마지막 끼니인 것처럼 먹게 되

었다.

수
염

아이가 아빠 얼굴을 다 그려놓고 연필을 세워 점들을 찍으며 "아빠 수염"이란다. 면도를 해서 희미할 텐데 아이에겐 잘 보이나 보다. 내가 거울을 볼 땐 수염도 주름도 그저 조금 뿌옇던데. 그래서 오랜만에 만난 어르신들끼리 "넌 어쩜 예전 얼굴 그대로다"라며 놀라는 거겠지. 마음의 눈을 가늘게 뜨고 이내 상대의 주름 그 너머 반가운 얼굴을 찾아내 추억 속으로 쑥 들어가는 거겠지.

자
유

한번 홀딱 젖고 나면

더 젖을 수는 없다.

그때부터 자유.

근
심

마음엔 근심의 방이 있지. 늘 무엇으로든 꽉 차 있어. 한두 가지 근심을 겨우 떠나보낸 뒤, 혹시나 들여다보면 새 근심이 차오르고. 방을 없앨 수 없단 건 나도 알아. 방문을 열지 않으려 애쓸 뿐. 다만 얄궂게도 잠기질 않아서 매일 밤 삐거덕 소리와 함께 근심은 또 슬그머니 흘러나오네.

오늘도 우리 모두, 건투를 빈다.

후

주

⊙

숲

숲에서 숨을 쉬어본다. 숨 숲 숨 숲 숨 숲 숨 숲 숨
숲 숨 숲 숨 숲 숨 숲 숨 숲 숨 숲 숨 숲 숨 숲 숨 숲.
입을 벌렸다 오므렸다 숨을 쉬어본다. 숨 숲 숨 숲
숨 숲 숨 숲 숨 숲 숨 숲 숨 숲 숨 숲 숨 숲 숨 숲. 짙
은 숲에서 깊은 숨을 쉬는 것보다 더 기쁜 쉼이 있을
까. 숨 숲 숨 숲 숨 숲 숨 숲 숨 숲 숨 숲 숨 숲 숨 숲
숨 숲 쉼.

이
적
의

단
어
들